一直一直往下挖

文　麥克·巴奈特 Mac Barnett

圖　雍·卡拉森 Jon Klassen

譯　林良

星期一，山姆和大衛挖了一個坑。

山姆問：「我們要挖到什麼時候？」
大衛說：「我們是做大事。 不挖到奇妙的東西，
我們就不停手。」

那ㄋㄚˋ個ㄍㄜˋ坑ㄎㄥ挖ㄨㄚ得ㄉㄜ很ㄏㄣˇ深ㄕㄣ，兩ㄌㄧㄤˇ個ㄍㄜˋ人ㄖㄣˊ的ㄉㄜ頭ㄊㄡˊ都ㄉㄡ在ㄗㄞˋ地ㄉㄧˋ底ㄉㄧˇ下ㄒㄧㄚˋ了ㄌㄜ，但ㄉㄢˋ是ㄕˋ他ㄊㄚ們ㄇㄣ還ㄏㄞˊ沒ㄇㄟˊ挖ㄨㄚ到ㄉㄠˋ奇ㄑㄧˊ妙ㄇㄧㄠˋ的ㄉㄜ東ㄉㄨㄥ西ㄒㄧ。

大ㄉㄚˋ衛ㄨㄟˋ說ㄕㄨㄛ：「我ㄨㄛˇ們ㄇㄣ還ㄏㄞˊ得ㄉㄟˇ挖ㄨㄚ下ㄒㄧㄚˋ去ㄑㄩˋ。」

兩個人繼續往下挖。

他們休息了一下。

大衛拿起水壺喝巧克力牛奶。

山姆吃的是做成動物形狀的

小餅乾， 用爺爺的手巾包著。

大衛說：「也許我們不應該一直往下挖。」

山姆說：「是啊， 說不定錯就錯在這裡。」

大衛說：「我想， 我們應該換個方向挖才對。」

山姆說：「對呀， 這是個好主意。」

大衛說：「我有一個新想法，
就是讓我們分開來挖。」
山姆說：「當真要分開嗎？」
大衛說：「只分開一下子試試就好。
也許這樣我們會更容易挖到。」

大ㄉㄚˋ衛ㄨㄟˋ在ㄗㄞˋ這ㄓㄜˋ邊ㄅㄧㄢ挖ㄨㄚ。

山ㄕㄢ姆ㄇㄨˇ就ㄐㄧㄡˋ到ㄉㄠˋ另ㄌㄧㄥˋ一ㄧ邊ㄅㄧㄢ去ㄑㄩˋ挖ㄨㄚ。

但是他們並沒有挖到什麼奇妙的東西。

大衛說：「也許我們還是應該回到原地，繼續筆直的往下挖。」

山姆說：「也對。

這是個好主意。」

山姆和大衛把巧克力牛奶都喝光了，還是不停的挖著。

兩個人又把最後一塊動物餅乾分著吃完了，還是不停的繼續挖下去。

過不多久，山姆坐了下來說：

「大衛，我累了。我再也挖不動了。」

大衛說：「我也很累。我們應該休息休息了。」

山姆和大衛，
累得都睡著了。

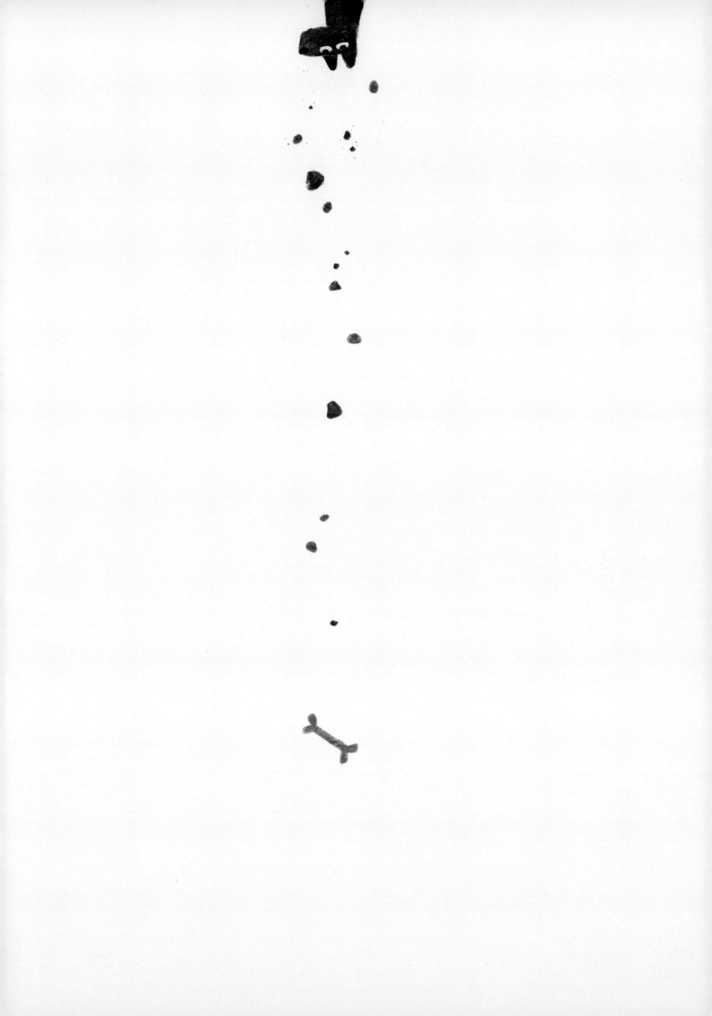

山姆和大衛，不停的往下掉。

山ㄕㄢ姆ㄇㄨ和ㄏㄢ大ㄉㄚ衛ㄨㄟ往ㄨㄤ下ㄒㄚ掉ㄉㄠ，

往ㄨㄤ下ㄒㄚ掉ㄉㄠ，

往ㄨㄤ下ㄒㄚ掉ㄉㄠ……

最後， 兩個人都跌落在鬆軟的泥土上。

山姆說：「就這樣子了。」
大衛也說：「就這樣子了。
我們遇到的這些事， 多麼奇妙啊！」

為了去拿些巧克力牛奶和動物餅乾，
兩個人就走進屋子裡去了。

繪本0140

一直一直往下挖

作者｜麥克‧巴奈特 Mac Barnett　繪者｜雍‧卡拉森 Jon Klassen　譯｜林良
責任編輯｜熊君君　美術設計｜林家蓁

天下雜誌群創辦人｜殷允芃　董事長兼執行長｜何琦瑜
兒童產品事業群
副總經理｜林彥傑　總監｜黃雅妮　版權專員｜何晨瑋、黃微真

出版者｜親子天下股份有限公司　地址｜台北市 104 建國北路一段 96 號 4 樓
電話｜（02）2509-2800　傳真｜（02）2509-2462　網址｜www.parenting.com.tw
讀者服務專線｜（02）2662-0332　傳真｜（02）2662-6048
客服信箱｜bill@cw.com.tw　週一～週五：09:00~17:30
法律顧問｜台英國際商務法律事務所‧羅明通律師
總經銷｜大和圖書有限公司　電話：(02) 8990-2588
出版日期｜2014 年 12 月第一版第一次印行
2021 年 12 月第一版第六次印行
定價｜320 元　書號｜BCKP0140P　ISBN｜978-986-241-935-9（精裝）

———————— 訂購服務 ————————
親子天下 Shopping｜shopping.parenting.com.tw　海外‧大量訂購｜parenting@cw.com.tw
書香花園｜台北市建國北路二段 6 巷 11 號　電話（02) 2506-1635
劃撥帳號｜50331356　親子天下股份有限公司 www.parenting.com.tw